LE RÈGNE HUMAIN.

POËME.

§ II. LES DEUX RÈGNES.

JACQUES FERNAND.

BRUXELLES,
IMPRIMERIE DE J. J. JOREZ,
6, Rue au Beurre.

1855.

PRIX : CENTIMES. POUR LES PAUVRES.

LE RÈGNE HUMAIN.

§ II. LES DEUX RÈGNES.

La Rectitude, Le Visage, etc., etc.

Dédié

à mon guide vénéré, M. *, de l'Académie Française, à mes Professeurs, M. M. ***, du Collége de France, de la Sorbonne, du Museum d'histoire naturelle.**

HOMMAGE DE RECONNAISSANCE.

» Il y a dans l'homme,
» un rayon de la Divinité... et de sa puissance... »

» Os homini sublime dedit, cœlum què tueri
» Jussit, et erectos ad sidera tollere vultus. »

» Son visage sublime est levé vers les cieux. »

« . . . . . incessu patuit Dea. »

» Le port et la démarche d'un Dieu. »

Grâce aux vives clartés de ton intelligence,
Au logique argument de ton expérience...
Grâce au soudains éclairs, aux lumineux discours,
De ton profond savoir... mystérieux parcours!
Je suis du Règne humain, le sombre labyrinthe!

Les arcanes secrets... et sans trouble et sans crainte...
Avec prudence, armé de ce fil conducteur,
Que tu mis en mes mains... sage, éloquent Docteur!

★ ★ ★

Maître! que tu sais bien, sur sa base certaine,
Fixer, à tous les yeux, la rectitude humaine!

— L'homme conserve, seul, cet aplomb vertical...
Station naturelle!.. et, du Règne animal,
Séparé nettement, par cette rectitude,
Le Roi de l'univers, de sa haute attitude,
Surveille dignement le domaine transmis,
Par la bonté du Père, à ses enfants chéris!

— L'animal se dresse... et tombe... Oblique, il s'in-
cline...
Ou, malgré lui, rampant... sur le ventre, il chemine,
Vers la terre penché. — De la terre il sortit...
A la terre il retourne!... Instinct, vil appétit :
Tout, en lui, l'y ramène! —Exilé, sur la terre,
Ma patrie est au ciel!... Sa patrie est sa mère!!!

— Pour le voir à ses pieds, pour le distinguer mieux,
Du haut de sa grandeur, l'homme baisse les yeux...
Avec aisance et grâce, il foule cette terre...
Il contemple, en marchant, l'azur et la lumière...
Réverbération des divines splendeurs!

* * *

Et se dégage, aux yeux, des sombres profondeurs,
De ce problème humain, la brillante inconnue!...
En vain et trop longtemps l'erreur fut combattue!...
O sublime Docteur! du Sphinx mystérieux
Tu déchiffres l'énigme, OEdipe ingénieux!

— Je laisse à ta parole, à ta plume éloquente,
L'analyse et la preuve, et la langue savante.
Je n'ose ici lever tous ces voiles discrets.
A toi seul, d'expliquer les causes, les effets.

— A toi seul, de tracer, d'un burin net et ferme,
Les points, vifs et brillants, que le cercle renferme...
Les systèmes des dents... et l'angle facial,
Ses différents degrés, et son type idéal...
Des nez, plats ou saillants, les traits si bas, si dignes!...
Des crânes et des fronts, les bosses, plans et lignes...
De ces divers cerveaux les inégalités...
Les développemens plus ou moins arrêtés.

— O sinuosités sagement ténébreuses!
Circonvolutions, toujours mystérieuses,
Le flambeau du savant peut bien vous indiquer...
Mais le rayon de Dieu doit seul illuminer
Et la force vitale, et la force motrice...
Les principes secrets... la cause créatrice!

Des voiles transparents, suffisantes clartés !
Les deux Règnes, par vous, sont à jamais classés !...
D'alliage grossier le Règne humain s'épure,
L'auguste Souverain, de sa caricature,
Repousse noblement, dans le Règne animal,
L'aspect injurieux !... Rapprochement brutal...
D'un grotesque bouffon... et de ce beau visage,
Du modèle divin fidèle et pure image !

★ ★ ★

La face de la bête... et le visage humain !
Le visage ! ô miroir, transparent et divin !
O visage, expressif, où notre âme transpire !
Où le penser naissant peut se voir et se lire !

— Ce beau visage, hélas ! dont la mobilité
Reflète, de l'esprit, l'océan agité...
Il s'altère... enveloppe incessamment changeante !
L'âme, toujours la même, est fixe et permanente !

— Visage, attendrissant, des amis, au départ !
De fiancés, mourants, échangeant un regard !
De pauvre veuve, en pleurs, qui souffre et qui travaille !

— Regard, mystérieux, de l'enfant, qui tressaille !
Adorable regard, de sa mère, à genoux,
Contemplant un souris, angélique et si doux !...

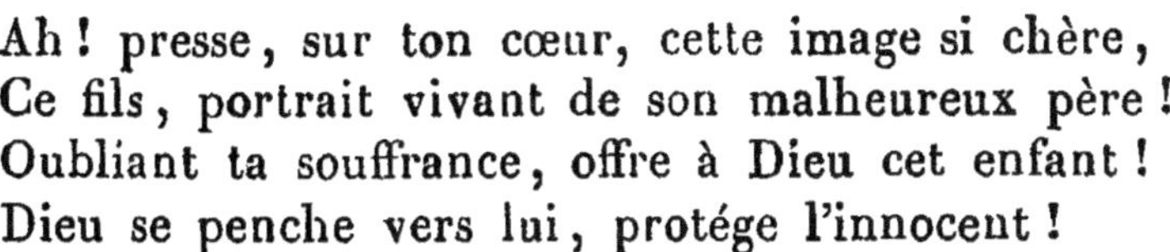
Ah ! presse, sur ton cœur, cette image si chère,
Ce fils, portrait vivant de son malheureux père !
Oubliant ta souffrance, offre à Dieu cet enfant !
Dieu se penche vers lui, protége l'innocent !

— Visage, éblouissant, de l'amour qui s'éveille...
De la sainte en extase... et du martyr qui veille !

— O front divin, chargé de toutes nos douleurs !...
Et du poids, aussi lourd, de toutes nos grandeurs !

— Auguste et vaste front... mobile, comme l'onde...
Tu revêts le cerveau, qui renferme le monde...
Concentre l'infini de l'espace et du temps...
L'infini des pensers... ces vautours dévorants !

— De ce front, indigné, quelle sombre énergie !
Il s'allume soudain des éclairs du génie !

— Le front de Charlemagne !.. approchez ! ô moment
De vive émotion, de saint recueillement !
Palpitant souvenir, d'une heure solennelle,
Toujours, en moi, tressaille, au nom d'Aix-la-Chapelle !
Oh ! j'osai t'effleurer, de mon indigne main,
Toi, l'éternel honneur de notre Règne humain...
De l'ordre et du progrès, le guide et la lumière...
D'un chaos ténébreux le phare solitaire !

— Beau front d'Alain Chartier, de plaisir frissonnant,
Sous la lèvre royale, et son baiser brûlant!
Réalités d'un songe... et tant de fois rêvées!

* * *

Tout beau! tout beau, mon cœur!... ô lèvres adorées!
Fraîche rose entr'ouverte aux brises des amours!...
O souris enchanteur! lumière de mes jours!...
Et les accents profonds de sa voix palpitante,
Soupirs encor vibrants, dans mon âme tremblante!

* * *

Folâtre et bel enfant,
Voltige et papillonne,
Leste et vif, turbulent...
Oh! dans ma nuit, rayonne,
Doux soleil, radieux!
Et, dans mon cœur, résonne,
Eclat de ris joyeux!

— Le rire! ô privilége,
A l'Homme seul donné,
Par Dieu, qui le protége
Comme son bien-aimé!
— Près du rire, les peines!
Pour souffrir, l'Homme est né!
Noblesse, épreuve humaines!

Hélas! oui... près du rire, et pleurs et noirs soucis!
Près tête brune, ou blonde... Hélas! cheveux blanchis!
— De la sainte douleur, ô touchante auréole!
O feu purifiant!. . . . .
. . . . — Le rire et la parole...
Et les fidèles mains, d'amis, par nous, heureux!...
Jusqu'au dernier soupir les élans amoureux!
— Oh! sous tous les climats notre race féconde...
Dieu lui-même l'a dit... doit régner sur le monde!
Privilège royal! noble fécondité,
Le symbole vivant de cette Royauté!
. . . .
— Mais, plus du Règne humain s'étend le privilége...
Plus se prolonge aussi le douloureux cortége...
De tous ses maux présents... du cruel souvenir...
Et des malheurs, prévus, d'un pénible avenir!
— La mort! toujours là! pâle!... et toujours son étreinte!...
Dans le Règne animal, ni les regrets, ni crainte!...
L'Homme, seul, doit marcher, espérant, regretté,
Par l'angoisse et le deuil, à l'immortalité!
— Passé, présent, futur : à la fois tout l'accable!
Sombres pressentiments! Mémoire... oh! redoutable!
Ainsi, vous révélez sa divine grandeur,
Par un excès de peine, un surcroît de douleur!
— Ainsi, tout se compense!... à l'amour, l'insomnie!
Et la crainte, au pouvoir! et la veille, au génie!

Quels signes distinctifs de souveraineté !...
Hors du Règne animal, rayonne humanité!

— Nul autre, nul sujet, de ce vaste domaine,
Ne saurait disputer à la famille humaine,
Cette peau blanche et rose, au satin si brillant...
Ces beaux doigts effilés, à l'ongle transparent...
Des cheveux ondoyants, la soie éblouissante...
Des mobiles sourcils l'énergie éloquente...
Sous de longs cils, rayés de lumière et de pleurs,
Ce regard pénétrant, qui trouble tous les cœurs!

— Le regard! sombre... ardent! mystérieux abîme,
De tendresse ineffable... et de splendeur sublime!
Il lance éclairs et foudre! il fascine et séduit!
Fixe et perce le ciel... mollement s'allanguit!
Il assouplit le tigre! il poursuit le coupable!
Même, par sa magie, il rend laideur aimable!
Que de pensers divers il sait lire, exprimer!
Ainsi que le souris, il peut tout nuancer!

— Le souris! le regard! ces deux rayons des âmes
Illuminent les traits! doux éclairs! douces flammes!
Attrait irrésistible... et pouvoir souverain
Des femmes, par eux seuls, Reines du genre humain!

* * *

Et cette oreille, ourlée... aux lois de l'acoustique
Adaptée avec art... gouvernant la musique ,
La langue universelle!... oh! doux lien des cœurs,
Ivresse du génie, et baume des douleurs,
Elle entr'ouvre les cieux! — L'œil règle les distances,
Et les proportions, et des tons les nuances...
Réfléchit l'Univers... reflet si net, si pur!
Des formes, des couleurs, le guide le plus sûr!
— Le profil grec du nez, l'agent et l'enveloppe
De l'odorat subtil, que l'esprit développe,
Du luxe parfumé ce guide oriental,
Soumis, comme le goût, à l'instinct animal!
— Du palais, de la langue, ainsi que du langage,
Le goût, fin, délicat, de l'homme est le partage.
Des mots, comme des mets, il juge la saveur.
L'atticisme et la grâce! exquis dégustateur!

—Et toi, royal emblême! ô main, souple et flexible!
Instrument animé, délicat et sensible,
De l'artiste penseur! module ses accords....
Du marbre ou de la toile, exalte les trésors!
Caméléon, changeant, de tons et d'harmonies,
De ce Protée ardent fixe les rêveries!
Tout sens est infaillible... et sûr, comme l'instinct.
Le plus noble est la vue... Et, signe bien distinct,

Le toucher... si parfait, dans la famille humaine,
Est, de notre noblesse, une marque certaine!
— Le toucher!... ô du cœur brûlante émotion!
De la main, frémissante, ô douce pression!
Ce langage expressif de l'amitié fidèle,
Parlant, comme la voix, et nuancé comme elle!

— Haüy! de l'Épée! oh! comme Dieu, créateurs,
Du néant vous tirez des familles en pleurs!
La main est la parole... et le tact, la lumière!
L'aveugle et le muet, par vous, ont la prière!

* * *

O sens mystérieux! dans le Règne animal,
Agents conservateurs de cet instinct brutal...
Mais, à l'âme de l'Homme, à son intelligence,
A son cœur enivré, si vive jouissance!
— Création sublime! étincelle, à nos yeux,
L'infini des pensers, dans l'infini des cieux!
— Cet air, chanté jadis, aux jours de notre enfance!
Et l'enfant reparaît, calice d'innocence!
— Le parfum d'une fleur! ou la saveur d'un fruit!
Soudain du sol natal le souvenir reluit!
— Le contact de sa main, ou sa lèvre effleurée,
Cette rose, un instant par elle respirée,
La page, humide encor, d'une larme du cœur,
Voilà, pour notre amour, un siècle de bonheur!

— Ainsi, l'éveil des sens est l'éveil de pensées :
Et le vin pétillant, les vapeurs parfumées,
En les surexcitant, surexcitent l'esprit...
La mémoire s'exalte... et quel éclair jaillit !
Ou s'envole, bercé par cette douce ivresse,
Songe d'or, ou riant... de gloire, de tendresse !

★ ★ ★

Le pied, cette autre main, aux contours gracieux !
Son empreinte éloquente animait à mes yeux,
Le sauvage désert et la plage isolée,
Froids témoins des douleurs de mon âme exilée !

— Temps, plus heureux et chers, où, de pieds ravissants
Je suivais, balancé, les dessins élégants,
Les pas voluptueux... et la valse légère...
Harmonieux langage, et toujours sûr de plaire !

— L'élégance du col, avec grâce attaché,
Redressé fièrement, ou mollement penché,
Svelte, ondulant... et dont la flexible souplesse
Donne, au port de la tête, un grand air de noblesse...
Permet d'interroger, d'explorer l'univers !
Et ses mille secrets, et ses aspects divers !

— Cette désinvolture... et la taille élancée !
La démarche d'un Dieu, lentement cadencée !

— De la femme, adorée, appas éblouissants !
Le pinceau tombe à terre... ô charmes enivrants !
— Oh ! les attraits, naissants, de la vierge rêveuse !
— Ces deux globes, gonflés, sous la main amoureuse
De ce bel enfant nu... ses lèvres aspirant,
Du bouton entr'ouvert, la vie... et son néant !
— Soupirs et battements, de trouble et d'espérance !
D'un beau sein agité, palpitante éloquence !
— Seul, l'Homme, au but divin, par ces piquants attraits.
Vole séduit !... Regards, souris, formes et traits,
Voix du cœur : tout l'entraîne ! et la grâce pudique,
Le rêve et l'idéal, et l'élan sympathique !

* * *

Notre âme ainsi transpire et doit se révéler !
Et tout concourt, en nous, à la manifester !
— L'âme dresse le corps, ou le voûte et l'affaisse...
Plisse un front soucieux, le relève ou l'abaisse...
Illumine les traits... et tourne, vers les cieux,
Le souris de l'extase et l'ardeur de nos yeux !

— O pudique rougeur ! ô pâleur si touchante !
Charmant et double effet, de la peau transparente,
De l'âme apparaissant sur le visage humain !
A l'homme seul, ce don, privilége divin !

— O rire de l'esprit ! étincelle féconde !

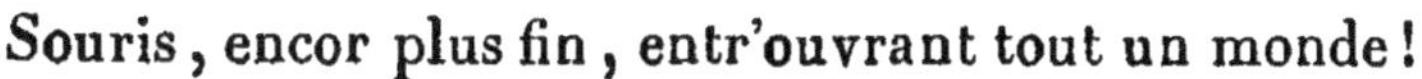

Souris, encor plus fin, entr'ouvrant tout un monde!

— Pantomime éloquente! ô langue en action!
Et ton geste, orateur! parlante expression!

— L'âme aussi dans la voix, le chant et la parole!
Des signes distinctifs la plus belle auréole!...
Que sont, des animaux, ces cris, confus, heurtés,
Ces langages grossiers, tous inarticulés,
Ce registre ébauché de sons toujours les mêmes!...
O voix! commande! à toi, pouvoir et rang suprêmes!

* * *

Oui, parle, ô voix humaine! ô solennel accent!
O voix! voix de Dieu même, et qu'entendait, tremblant,
Moïse, au Sinaï! — La nuit, dans le silence,
Voix de l'Homme, au désert... ou sur la mer immense...
Dans la sombre forêt! — Voix, sanglots de Rachel!
— Ta voix, ô conscience! encor, toujours Abel!
— Premier mot de l'enfant, palpitante harmonie!
— Pour l'exil, doux mirage, accent de la patrie!
— Et ciel, et terre, et flots tressaillent, tour à tour,
Des chants de la prière et des notes d'amour...
Des ordres, gouvernant tempêtes et batailles...
Des vœux du bon Pasteur, consolant ses ouailles...
Du cri de Liberté! — Le Vengeur, expirant,
Dans l'abîme entr'ouvert, glorieux, s'affaissant!

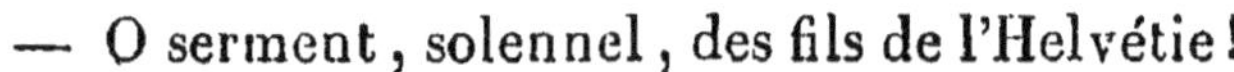

— O serment, solennel, des fils de l'Helvétie!
— Cantiques du bûcher éteints dans l'agonie!
— Doux échos du passé, voix d'amis, au retour!
— Et la voix des parents, si chère à notre amour!
Suave et pénétrante, et, par devoir austère!
— Cri divin du muet! « ne tuez pas mon père! »

— O visage sublime, exhalant cette voix :
» Enlevez les croix d'or, d'argent!... La croix de bois
» Reste! et la croix de bois sauva le monde! — Étrange,
Mystérieux regard!... Voix d'inspiré, voix d'ange,
Murmurant : » Monte aux cieux, ô fils de saint Louis! »
Et l'échafaud sanglant monte, aux yeux éblouis,
Échelle de Jacob, jusqu'aux rives sacrées!

* * *

Parole! Écriture! oh! du cœur et des pensées
Les merveilleux accents! signes mystérieux!
Dons divins! anneaux d'or, rattachant l'homme aux cieux!
Même bouche exprimant cent langues différentes!
Mêmes pensers, écrits, de cent formes changeantes!...
Salut, Verbe éternel! Verbe du Rédempteur!
Salut, Parole humaine! écho du Créateur!
La Parole et le Verbe, interprètes austères
De la terre et du ciel... des lois et des prières!

— O Verbe! tu le veux : la lumière jaillit!
Sous les pas de la Foi, le flot se raffermit!...
Et deux fois tu créas... l'homme et ses destinées!

— Parole! Verbe humain! des âmes incarnées
L'organe et l'espérance! appui consolateur!
Aux grands cœurs méconnus, rends la vie et l'hon-
neur!...
Contre l'or étranger, arme, défends Athènes,
Par la bouche, d'or pur, du divin Démosthènes!...
Glaive de la justice, et terreur des méchants,
Brise les fers rouillés, fais pâlir les Tyrans!
Tourne les yeux, en pleurs, vers la patrie absente!

— Parole! abîme! abîme! abstraction vivante!...
Et la parole écrite, égale profondeur!
— Oh! quel puissant esprit! quel habile sondeur
Pourrait toucher le fond de ces savants mystères!
Lettres, chiffres et gamme, étranges caractères,
Sous tant d'aspects divers, de formes et d'accents,
De la grandeur de l'Homme immortels monuments,
De l'énigme de Dieu solution parlante!

— A la brute, une langue, informe, incohérente,
Grâce au contact des sens, des lieux et des moments!
— A l'Homme, liberté, dans l'espace et le temps!
Écrit, chiffré, noté, l'esprit humain circule!

La presse et le burin, glorieux véhicule!
L'Hiroglyphe explique, anime le passé!
Par signaux, phare, et sons, le présent est tracé!
Et le fil électrique, enveloppant le monde,
Prompt, comme le penser, le transmet, le féconde!
L'éclair et la vapeur! le penser, l'action!
— L'instinct, affinité! l'esprit, attraction!
— Mesure de l'esprit, musique du langage,
Le Timbre de la voix sonne le sexe et l'âge,
Le pays, l'habitant. — Vibration du cœur,
De l'ami de l'aveugle accent révélateur,
Même après un long temps, et d'absence et d'attente!

⁎ ⁎ ⁎

Oh! des notes du chant, la gamme étincelante!
Chants enivrants d'amour! palpitantes douceurs!
Exaltant l'âme humaine... et doux poison des cœurs!
Beaux chants de liberté, d'ardent patriotisme!
Soupirs, élans rêveurs, de tendre mysticisme!
— O chants de mon enfance, embaumés par l'encens!
Ma vieille Cathédrale, aux vitraux flamboyants!
Je m'arrête... à genoux... sous ta voûte gothique!
Et je rends grâce à Dieu, du souffle poétique!
Sans toi, je ne saurais, ô souffle inspirateur!
De ce beau Règne humain atteindre la hauteur!

* * *

O mon âme! ouvre tes ailes!
Vole aux sphères éternelles!
Va puiser forces nouvelles,
  Aux pieds du Tout-puissant!

Dieu! l'amour ineffable,
Le mystère adorable,
La source intarissable,
Où s'abreuve mon chant!

— Je chante votre gloire,
Seigneur! chantant l'Histoire,
Burinant la mémoire,
Du Benjamin des cieux!

— Déjà, déjà rayonne
La céleste couronne !...
Dieu lui même la donne
A nos chants radieux !

— Source, qui vivifie,
Retrempe le génie...
A jamais sois bénie,
Pénétrante fraîcheur !

O limpide murmure !
L'âme forte s'épure !...
Chantons la Créature !
Chantons le Créateur !

Tout artiste, ou penseur, devant la tête humaine,
Avec respect, s'incline!... ô beauté souveraine!

— Tête blonde, aux doux yeux! profil pur, de l'enfant...
De la vierge rêveuse... ou de l'adolescent!
Les suaves contours! les boucles ondoyantes!
O souris angélique! ô lèvres rougissantes!

— Tête brune, aux grands traits, fermes, accentués...
Et d'une âme plus forte... aux muscles mieux trempés!
Tel, ce poëte, ardent, enivré d'un sourire!...
Et telles... Niobé, si belle, en son délire!
La mère, aux yeux hagards... pour sauver l'innocent,
Étouffant, sur son cœur, le cri de son enfant!

— De nos cheveux blanchis, ô touchante auréole!
— Bélisaire! en pleurant, je t'offre mon obole!

— Hélas! ta voix s'éteint... mais l'ardeur de tes yeux,
Sublime Bossuet! reflète encor les cieux!...
Sous la neige des ans, jaillit toujours la flamme!
Voilà bien, de Condé, le grand cœur, la grande âme!

— Rassasié de gloire... et d'un éclat trompeur,
Vénérable vieillard, dépouille ta splendeur!
Du trône tu descends... et grandis dans l'Histoire!
Et cette humilité couronne ta mémoire!

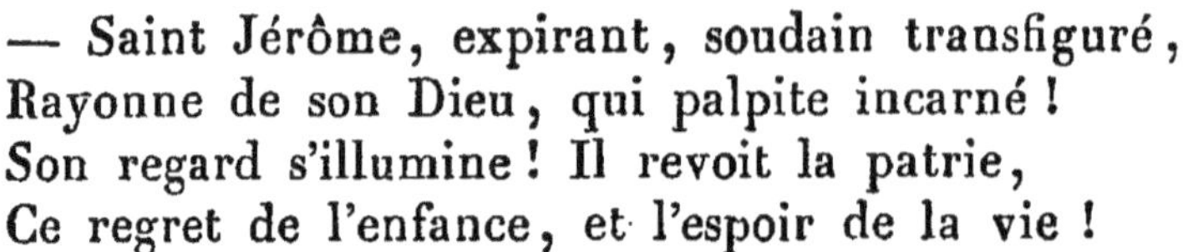

— Saint Jérôme, expirant, soudain transfiguré,
Rayonne de son Dieu, qui palpite incarné !
Son regard s'illumine ! Il revoit la patrie,
Ce regret de l'enfance, et l'espoir de la vie !

— Grâce, beauté, grandeur... ô charme tout-puissant,
Des trois âges de l'Homme... et de l'homme mourant !

* * *

Marie et Ferdinand ! images trop charmantes !
Marie et Jeanne d'Arc ! gloires étincelantes !
Jeanne ! tu nous sauvas ! Revis, grâce à ta sœur !
Honte aux bourreaux flétris ! à vous, France, âme et cœur !

— Béatrix ! vision, toujours éblouissante,
Exalte le génie et le grand cœur du Dante !

— Laure et Pétrarque ! et vous, Héloïse, Abélard !
Enflammez vos pensers, sous le feu du regard !

— Rayonnez d'idéal... sans terrestre mélange...
Vierges de Raphaël !... Raphaël, ce bel ange !
Sous vos traits, tout divins, son pinceau, chaste et pur,
Jamais ne fit briller, dans votre ciel d'azur,
De sa Fornarina la figure embellie !

— Au cœur vraiment Romain, salut ! à Cornélie,
Parée, avec orgueil, de ses jeunes enfants,
Ses plus riches bijoux, ses plus beaux ornements !

— Mère des sept Martyrs! Mère des Macchabées,
Frappée au cœur, sept fois! en ces heures sacrées!...
Image prophétique, et touchant précurseur,
De Marie, épuisant la coupe du Sauveur...
Au pied de notre croix, sept fois à l'agonie!
Sept fois, par la douleur, près d'exhaler sa vie!

— Coriolan! ta mère, en longs habits de deuil,
De la patrie, en pleurs, entr'ouvre le cercueil!
A ce lugubre aspect, dans ton âme froissée,
Par l'amour filial, Rome s'est redressée!

— Ton pays, par ton glaive, ô Judith! racheté!

— Lucrèce! de ton sang, surgit la liberté...
Qui se ravive encor, au sang de Virginie!

— O fille de Caton, et de Brutus chérie,
Porcia! — L'héroisme anime encor la voix,
Présentant le poignard, et murmurant : « Prends, vois,
» On ne souffre pas! » — Oh! fières vertus antiques,
L'amour... de ton génie, et des élans mystiques,
Divin inspirateur... l'amour, à leur niveau,
Inscrit ton nom, Thérèse, et si doux et si beau!...
Ravissement céleste, et dévorante flamme!
Sur l'aîle de l'extase, envole-toi, mon âme!

— Affronte, ô La Valette! un inflexible sort!
Dégage ton époux des ombres de la mort!
— Tel apparut, la nuit, cet ange de lumière,
Dans le sombre cachot de l'apôtre Saint Pierre!

— Bois le sang, ô Sombreuil! pâle et froide d'horreur!
De ton père... héroique, immortel rédempteur!

— A Rome, ainsi jadis, piété filiale,
Tu brillais!... du bourreau trompant l'heure fatale!
Nourrice ingénieuse!... Un lait mystérieux
S'écoulait, en silence... et les larmes des yeux!

— A toi, ma mère! à toi, cette double couronne!
Ainsi que la vertu, le malheur te la donne!
Sévigné, par le style! et son âme et son cœur!
L'esprit et les talents! la force et la douceur!
De cet esprit, orné, l'aimable causerie...
De traits, de mots profonds, piquante broderie!...
Tant de soins si touchants!... et ces mille secrets,
Du foyer maternel ineffables attraits!

* * *

Embrasser à la fois ma patrie et ma mère,
Après si long exil! baigner de pleurs la terre,
Où je retrouve encor le fraternel berceau!...
Où, non loin du vieux toit, des absents le tombeau

S'élève, à l'horizon, à travers le feuillage,
De nos sombres regrets la douloureuse image!

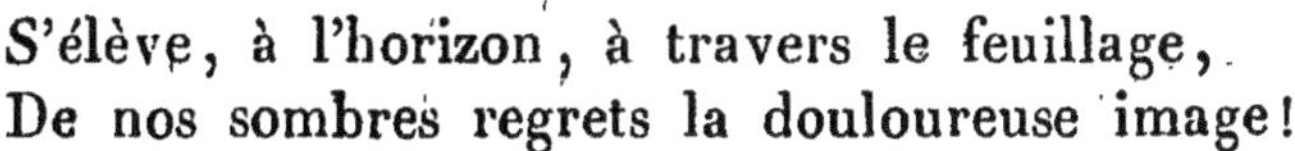

— O foyer maternel, naguère! ô cher foyer!
Hélas! d'un autre nom je pouvais t'appeler!...
Dans ce jardin désert, les ronces, les broussailles!
L'écho seul de mes pas, sous les froides murailles!
Sur les muets lambris, oh! vos pâles portraits,
Vous, dont mon cœur vivants conserve tous les traits!

— O seul ami, présent, de mes lointains naufrages!
Mon seul consolateur! La mer et ses rivages
Vous proclamaient partout... de vous, je tressaillais,
O mon Dieu! par vous seul ranimé, je priais!...
Dons d'estime et d'amour! Vous m'inspiriez, mon Père,
Des vers la noble ivresse... et l'ardente prière!

— Le retour, grâce à vous!... soyez béni, Seigneur!
Par vous, mère, parents, patrie!... à vous, mon cœur!

— Pour le vil animal, ni parents, ni patrie!
Mais aussi, point d'exil!!! Partout il mange... oublie!...
Seul, l'Homme emporte au loin ce brûlant souvenir!...
Et, près de son berceau, toujours il veut mourir!

* * *

Anges de nos foyers! Anges de la famille!
O femmes! daus ce port, du plus doux éclat brille

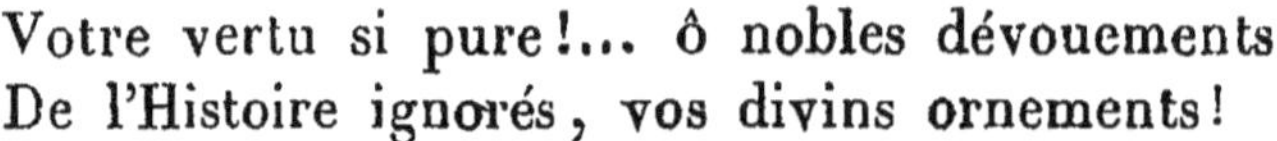

Votre vertu si pure!... ô nobles dévouements
De l'Histoire ignorés, vos divins ornements!

— De ce beau Règne humain, la grâce et la lumière,
O femmes! adorable et céleste mystère!

* * *

De la double patrie, ô grands Hommes! martyrs!
Modèles éternels! radieux souvenirs!

— Brillant de majesté, le cortège s'avance,
Comme la Grèce et Rome, étincelle ô ma France!

— Phocion, Miltiade! Eschyle et Phidias!
Socrate Aristide! — Oh! noble Epaminondas!
Le sang, pour son pays, s'écoule avec sa vie!
Dans son triomphe, il voit... sa gloire ensevelie!

— Voici le vieil Horace et ses trois dignes fils!
Curiaces, salut! par la mort ennoblis!
Mourir pour la patrie... ou triompher pour elle...
Aux vaincus, aux vainqueurs, même palme immortelle!
— Ton champ, Cincinnatus! ô Régulus, ta mort!
Volontaire martyr de ton douloureux sort!

— Tu détournes la tête, et plains César, qui t'aime,
O Brutus!... mais Caton ne frappa que lui-même!

— Libre enfin, Spartacus, arme-toi de tes fers...
Et, comme Mithridate, étonne l'univers!

— Tu lèves, Constantin, l'étendard de victoire...
Et la croix a, déjà, partout, signé sa gloire !

— Des Germains, le Sauveur, l'idole... Arminius,
Marche, le front levé, près de Germanicus !

— Salut, à toi, Bayard, sans peur et sans reproche !...
Corneille ! et toi, Poussin ! — ô frères ! Marceau, Hoche,
Les jumeaux de la gloire et de la Liberté !
— Vincent de Paul, salut ! ange de charité
L'Hopital et Molé, Sully ! Colbert ! Turenne !
Racine et Fénélon ! Molière et La Fontaine !

— Chante, exalte, ô Verdun ! ton immortel Chevert !
O Metz ! lis ton devoir dans les yeux de Fabert !

— Adolphe ! Émile ! Hélas !!! Julien !... sur leur trace !
L'Ombre de Marcellus et m'oppresse et me glace !

— Foy ! le grand citoyen, général, orateur,
Écho du cri de France ! écho de notre honneur !
— A tous les dévouements, salut !... à toutes gloires !
Aux gloires de la Paix ! aux utiles victoires !
A tous cœurs vraiment grands... heureux, ou malheureux !
Aux grands noms de l'Histoire !... aux noms connus des cieux !

★ ★ ★

Dignes représentants de chaque point du monde,
Paraissez ! grâce à vous, l'avenir se féconde !

— Patriarche, Prophète, ouvrez notre berceau!
Colomb, Gama, soleils d'un horizon nouveau!...
Las Casas! — Washington, fondant... noble modèle...
Sur d'antiques vertus, la liberté nouvelle!

— Léonidas! voici tes glorieux trois cents,
Pour le salut de tous, avec joie expirants!
— Sénat! voile ta face... et meurs!... Rome succombe!
— Curtius, de Calais, vous creusez votre tombe!

— Gaulois, l'effroi de Rome! et même en vos revers!
— De tes funèbres chants, tressaille l'Univers,
Saragosse héroïque! — A Barcelone, veille
L'Hippocrate français... et Belsunce, à Marseille!

— O sœurs de Saint Vincent! mères des Orphelins!
Frères du Saint-Bernard, anges des pélerins!
— Guttemberg! à tes fils Vesta transmet sa flamme!
— Wilberforce! et tes noirs, libres comme leur âme!

— Oh! du Crucifié, soldats, prêts à mourir!
Par un sang aussi pur, la croix peut reverdir!
La voix du sang réveille... ainsi que voix d'Archange!
Moïse, Pierre et Paul... grandis par Michel-Ange...
Apparaissent toujours, devant la Légion!
Charité, tolérance et persuasion...

Du martyre touchant l'éloquence entraînante...
Voilà, pour triompher, leur force militante!

— A la foule, sans nom, des mérites obscurs,
Des modestes vertus, d'Héroismes si purs!

* * *

Art! Poésie!
Sublime Philosophie!
A ma vue éblouie,
Quel cortége pompeux!
O génie!
O fronts radieux!

— Quelle douce harmonie!
Puissante Symphonie!
O Beethoven! Mozart!
Brillantes auréoles!
De l'art
Palpitants symboles,
Sous l'archet vibrant d'Alard!

— Des palmes immortelles,
Là, dans chaque main!
O vives étincelles,
Du foyer divin!

— Mais, artiste ou Poëte,
Ainsi que vous, créateur,
De votre idéal, Seigneur!
N'a qu'image imparfaite!...
De la céleste splendeur
Pâle reflet, dans le nuage...
Pour l'esprit rêveur,
Vague, indécis mirage!

— Soleil de beauté,
Perce la nue... à ma prière...
Verse des torrents de lumière,
Dans mon obscurité!

— De l'idéal poétique,
De l'idéal artistique,
Puissant révélateur,
D'un trait de flamme,
Brûlez ce cœur,
O mon Dieu!... parlez à mon âme!
Illuminez
Les sommets sublimes,
Les mystères des abîmes!...
Voiles, tombez!

Le beau, le gracieux, le grand, le grandiose,
Sous ses aspects divers, l'Idéal charme, impose!
L'Idéal nous exalte! et notre Humanité
Palpite, en tressaillant de sa divinité!

— L'Idéal! le Sublime! ô types poétiques!
Platon! Pindare! Homère!... ô les nobles Antiques!
Mars, Hercule!... Vénus! mieux encore, Psyché,
Dont la grâce pudique ajoute à la beauté!...
Oh! de Laocoon l'expressive souffrance!...
D'Apollon, de Diane, ô fière et noble aisance!...
Le rayon amoureux caresse Endymion!...
Le marbre s'animant, heureux Pygmalion,
Palpite... et te sourit!... Sur la vague azurée,
De son charmant cortége Amphitrite entourée!...
Souris, baigné de pleurs, sous l'écharpe d'Iris!
Embarras séduisant, prolongé, de Pâris!
Zéphyr! sous tes baisers, le doux frisson de Flore!
Réveil, tout attendri, des larmes de l'Aurore!...
Les trois Grâces, Minerve, Hébé!... L'Olympien,
Dont le sourcil troublait le ciel Virgilien!

— Dans ces types de l'Art, idéal du Génie,
L'Humanité s'admire, exaltée, embellie!

Mais, tous, tous à genoux, devant le Rédempteur !
Type humain... l'Idéal vivant... du Créateur !

— Au Calvaire, apparaît la céleste victime !
L'Homme Dieu ! l'Idéal réel !... Tête sublime !
Et sa voix défaillante, et son regard mourant !
Vers son Père attendri, vers les cieux, se levant...
En faveur des bourreaux... dont l'aveugle colère
Ne sait ce qu'elle fait... dans le sanglant mystère !

* * *

Merveilleuse grandeur, aux mille aspects divers !
Oh ! l'Homme, atome avide, absorbant l'Univers !...
Vigueur souple et flexible ! énergique faiblesse !
De ce roseau pensant, l'âme veille sans cesse !
Ni sommeil, ni réveil ! Être mystérieux,
Il monte incessamment la spirale des cieux !...
Chrysalide, un instant... papillon, il s'envole !...
Le masque tombe... ô bel Ange ! au front, l'auréole !

Mais soudain,
Quel saint délire!
Dieu m'inspire!
O ma Lyre!
Du Règne humain,
Chante encore,
Chante!... oh! chante le frais matin,
La radieuse aurore!

* * *

Comme il s'avance majestueux,
Ce souverain de la terre,
Ce bien-aimé des cieux!
Démarche grave et fière!
Port superbe!... Tels, les Dieux!
Du vieil Homère!

Quel soudain penser luit!
Oh! que sa tête est belle!
Son œil noir étincelle!
De l'ardente prunelle
L'éclair jaillit!

Si, du pied, il marque l'empreinte
De souveraineté...
Le sol, muet de crainte,
Sous la majesté sainte,
Fléchit, dompté!

Son visage sublime
Rayonne vers les cieux!
Le feu céleste anime
Ce beau front magnanime
Et radieux!

— Et si, vers la terre,
Il daigne abaisser
Son regard austère,
Pour manifester
Acte de puissance,
De sévérité...
Pardon et clémence,
Droits de Royauté...

Tous les êtres, qui l'environnent,
De respect, de terreur, frissonnent,
Au moindre froncement
De son noir sourcil mobile !
De ce maître imposant,
Troupe craintive et servile !

Tous de tressaillir...
Joyeux, de bondir...
Si, de sa lèvre, étincelle
Le plus léger souris...
Si glissent, de sa prunelle,
Des rayons adoucis !

* * *

Son aimable compagne
Apparaît, près de lui !
Un nouveau jour a lui
Dans la verte campagne !

O beauté !
Tout sourit, sur la terre féconde !
Par la Reine du monde,
L'Univers est charmé !

Ravissante merveille !
O spectacle enchanteur !
De bonheur,
Tout s'anime, ou s'éveille!

Tout a changé soudain!
Et sa grâce tempère
La majesté sévère
De l'altier souverain!

— Sous ses pas, naît la rose,
Fraîche éclose!
Son calice embaumé,
L'éclat, la pureté...
Sa beauté... fugitive...
Attire et captive
L'aimable enfant,
Qui la cueille, en jouant!...
O naive innocence!
Folle inexpérience!
Elle se pique... et rit...

Le sang jaillit...
Et colore
La rose... jusque là blanche encore!

— A son aspect séduisant...
De la prairie,
Riante et fleurie,
Du gazon verdoyant,
Le parfum s'exhale!
Encens agréable!

Le bocage, ondoyant,
S'incline!
Et l'oiseau, gazouillant,
Lutine!
Il charme les airs,
De ses concerts...
Douce harmonie,
De Sympathie,
Pour la beauté...
Vive effigie
De la bonté!

— Ceux qui, devant le maître,
De respect, sur le sol, rampaient,
De frayeur frissonnaient...
Devant la Reine, sentent naître...
Plus familiers...
Nouvelle et joyeuse espérance...
Et viennent, avec confiance,
Se jouer à ses pieds !

— Le serpent se glisse en silence,
De replis l'entourant !...
Sous cet œil fixe... elle s'avance...
Et s'arrête, à l'instant...
Se trouble... et, toujours attirée,
Par le charme trompeur,
Par vertige entraînée...
Elle contemple, avec terreur,
Ce doux regard fascinateur !

— De la rive orageuse,
Elle s'approche, en souriant...
Et la vague amoureuse
Lui baise les pieds... en mourant...
Les couvrant de sa blanche écume,
Voile charmant,
Que parfume,
Le souffle caressant,
La tiède haleine
De la plaine !

— Surpris, joyeux,
Les habitants de l'onde amère,
Sous la vive lumière,
Frétillent, redoublent leurs jeux !

— Attrayant sourire!
Beaux yeux d'azur,
Où se mire
Le ciel pur !

— Et les Anges,
Tous en chœur,
Chantent les louanges
D'une sœur !...
Aimable erreur !

* * *

Gloire à Dieu! gloire!
Hosanna!
Hosanna!
Gloire!

* * *

Et tous deux,
De tendresse
Radieux,
Dans ce concert d'allégresse,
Élèvent mains et cœur
Vers le Créateur !

— A leur prière,
Notre père,
Avec amour, sourit...
Et les bénit !

* * *

O femme !
Du monde et la vie et l'âme,
Des trois âges de l'Homme adorable clarté,
D'amour ineffable mystère !...
Fille, épouse et mère,
Aimable Trinité !

— Pour OEdipe et Bélisaire,
Plus douce que lumière,
Guide et soutien !

— De l'éclat, que la couronne,
L'exil, le malheur donne,
Ange Gardien !

— De la Crèche et du Calvaire,
Du ciel et de la terre,
Charmant lien !

Amélie,
Antigone, Marie !
Dans la sombre nuit des mers,
Rayonnez... triple étoile !...
Parmi tant d'écueils divers,
Abîmes des flots amers,
Dirigez notre voile !

Ascension, 1855.

JACQUES FERNAND.

DU MÊME AUTEUR :

..... **Consolations**.....

LE RÈGNE HUMAIN. { § I. **L'Image de Dieu.**
§ III. **L'Unité.**

1853-1855. A Bruxelles, chez J. J. JOREZ, Imprimeur-Libraire, rue au Beurre, [illegible]

DU MÊME AUTEUR :

.... **Consolations**....

LE RÈGNE HUMAIN. { §. **I.** **L'Image de Dieu.**
§. **III.** **L'Unité.**

www.ingramcontent.com/pod-product-compliance
Lightning Source LLC
LaVergne TN
LVHW020628110826
845149LV00004B/1082

* 9 7 8 2 0 1 1 3 4 8 8 1 4 *